JULES LEMAITRE

(De l'Académie française).

MYRRHA
VIERGE ET MARTYRE

COMPOSITIONS DE LOUIS-ÉDOUARD FOURNIER

PRÉFACE PAR L'AUTEUR

PARIS

LIBRAIRIE DES AMATEURS

A. FERROUD, LIBRAIRE-ÉDITEUR

127, BOULEVARD SAINT-GERMAIN, 127

1903

MYRRHA

VIERGE ET MARTYRE

JUSTIFICATION DU TIRAGE

Nos 1 à 150. Exemplaires sur papier du Japon ou grand
vélin d'Arches.

Nos 151 à 400. Exemplaires sur papier vélin d'Arches.

JULES LEMAITRE
(De l'Académie française).

MYRRHA
VIERGE
ET MARTYRE

COMPOSITIONS DE LOUIS-ÉDOUARD FOURNIER

GRAVURES DE XAVIER LESUEUR

PRÉFACE PAR L'AUTEUR

PARIS

LIBRAIRIE DES AMATEURS

A. FERROUD, LIBRAIRE-ÉDITEUR

127, BOULEVARD SAINT-GERMAIN, 127

1903

SUR NÉRON

(POUR SERVIR DE PRÉFACE)

Ce personnage est assez à la mode. De jeunes littérateurs dissimulent à peine la sympathie qu'il leur inspire.

On en est venu à faire de lui quelque chose comme un Louis de Bavière, plus puissant et plus riche, et qui aurait disposé de ressources plus considérables pour la réalisation de ses rêves. On le juge très intelligent ; on le qualifie communément de poète, d'artiste et de dilettante. C'est lui faire beaucoup d'honneur. Je crois qu'il fut simplement le plus monstrueux des ténors ; c'est-à-dire tout le contraire d'un dilettante, si toutefois j'entends ce mot comme il doit être entendu.

Relisons avec simplicité Tacite, Dion Cassius et Suétone. Les faits concordent dans les trois récits. Et, si vous pouvez soupçonner Tacite et Dion de malveillance, il vous apparaîtra que, là comme ailleurs, l'exact et froid Suétone est totalement exempt de parti pris, et que les choses qu'il enregistre lui sont égales.

On me trouvera sans doute d'esprit bien grossier ; mais je ne crois point inutile de rappeler, d'abord, que Néron ne fut pas un très bon homme. Il fut complice du meurtre de Claude ; il empoisonna Britannicus ; il fit tuer sa mère Agrippine ; il fit tuer sa première femme, Octavie, après l'avoir accusée de toutes les abominations ; il tua sa seconde femme, Poppée, d'un coup de pied dans le ventre ; il fit tuer le mari de sa première femme, Statilia Massilina ; il fit tuer Antonia, parce qu'elle avait refusé de l'épouser, et le jeune Aulus Plautius, et Rufius Crispinus, fils de Poppée, et Sénèque, et Burrhus, et Thraséa, etc. Il fit allumer dans Rome un incendie qui dura six jours et sept nuits, et qui brûla le tiers de la ville, et il en accusa les chrétiens, qu'il fit torturer et supplicier par milliers (*multitudo ingens*)...

Cela suffit peut-être pour qu'on lui refuse le nom de dilettante, et pour qu'on hésite du moins à le considérer comme un disciple un peu effréné de M. Paul Bourget et de M. Maurice Barrès (j'entends le Bourget des *Essais de Psychologie* et le Barrès du *Culte du moi*).

Car, si assurément le dilettantisme exclut l'abnégation évangélique, il me paraît exclure tout autant la cruauté. M. Paul Bourget le définit — et je crois bien que c'est la meilleure définition qu'on en ait donnée — « une disposition d'esprit très intelligente et à la fois très voluptueuse, qui nous incline tour à tour vers les formes diverses de la vie et nous conduit à nous prêter à toutes ces formes sans nous donner à aucune ». Cette disposition d'esprit suppose, à un degré éminent, le don de sympathie imaginative, et ce don est incompatible avec la méchanceté volontaire. Car se figurer, pour les vivre soi-même par jeu, diverses sortes d'existence, c'est se figu-

rer en même temps la souffrance d'autrui et,
par suite, la répudier comme si elle était
nôtre. On ne conçoit même pas que le dilettante ait la volonté de multiplier la souffrance
des autres dans une pensée de domination ou
de jouissance matérielle, puisque, par définition, c'est de tout autres plaisirs, et purement
intellectuels, qu'il est en quête. Être dilettante, c'est savoir sortir de soi, non peut-être
pour servir ses frères humains, mais pour
agrandir et varier sa propre vie, pour avoir,
au bout du compte, délicieusemeut pitié des
autres, et non, en tout cas, pour leur nuire.
La méchanceté positive comporte, plus ou
moins, l'inintelligence. Un très méchant
homme, comme fut Néron, est à peu près aussi
incapable de comprendre et d'aimer la vie
universelle et de sortir de soi, qu'un tigre, un
vautour ou un alligator.

La grande prétention de ce malheureux,
c'était être « artiste ». Mais il ne le fut pas plus
qu'il ne fut dilettante. A la vérité, il entendait
ce mot d' « artiste » au sens grossier et super-
ficiel où le prennent encore les bourgeois. Et

c'est pourquoi, après avoir tâté de la peinture,
de la sculpture et des vers, il se fit chanteur.
De l'homme de lettres ou de l'artiste, il n'eut
que la vanité furieuse, l'adoration de soi,
l'envie, l'implacable désir d'exhibition, tout
cela exaspéré jusqu'à la folie. Et cet empereur apparaît dans l'histoire comme la carica-
ture énorme, grotesque et redoutable du Cabotin.

Comme ténor, il est impayable, encore que
sinistre. Vous connaissez sa tournée musi-
cale en Grèce. Il avait pour claqueurs cinq
cents chevaliers romains. Ses auditeurs étaient
tenus d'exprimer, par leur physionomie et
leur attitude, le plus profond ravissement.
Pendant les représentations qu'il donnait, il
n'était pas permis de sortir, même dans le
cas de nécessité absolue. Or, ces représentations n'en finissaient point. Il y eut, dit-on,
des femmes qui accouchèrent pendant le
spectacle ; il y eut des chevaliers qui, à force
de rester nuit et jour sur leurs bancs, con-
tractèrent des maladies mortelles ; d'autres,
trouvant les portes fermées, sautaient furti-

vement par-dessus les murs de l'amphithéâtre.
(Cela rappelle, en plus grand et en plus fou,
le caprice de Louis XIV, qui exigeait qu'on
s'empiffrât à sa table, mais qui défendait que
cela eût des suites pour ses invités, et qui les
laissait se tordre dans ses carrosses, tandis
que lui-même descendait de voiture et se soula-
geait publiquement au bord de la route.) Et
je n'ai pas besoin de vous dire que Néron
remportait tous les prix. Même, aux jeux
olympiques, — car il voulait la gloire sous
toutes ses formes, — une fois qu'il était tombé
de son char et qu'il n'avait pas achevé la
course, il n'en fut pas moins couronné.

Mais, — et c'est cela qui est amusant, — il
avait les mêmes inquiétudes, les mêmes
défiances, les mêmes terreurs, il éprouvait les
mêmes émotions que s'il n'eût pas été assuré
de la victoire. Il traitait ses concurrents comme
ses égaux; il les observait, les épiait, les
décriait par derrière, ou les injuriait en face,
quand il les rencontrait dans les coulisses.
Mieux que cela, s'ils avaient plus de talent
que lui, il prenait la peine de les corrompre,

ce qui était pourtant bien inutile. Bref, il avait tous les sentiments du vrai comédien pour ses camarades. Et il se montrait plein de déférence pour les juges du concours, tout tremblant, et peut-être de la meilleure foi du monde, devant ceux qu'il faisait trembler.

Enfin, chose admirable, il avait le zèle et les scrupules professionnels et, en un sens, le respect de son art et le respect du public, de ce public payé ou terrorisé, tenu d'applaudir sous peine d'amende, de confiscation ou de mort. Il se soumettait si docilement aux règles et aux habitudes de la scène, qu'il n'osait ni cracher, ni se moucher, ni s'asseoir malgré la fatigue, ni essuyer sa sueur autrement qu'avec sa robe. Un jour, dans une tragédie, ayant laissé échapper son sceptre, il se hâta de le ramasser en tremblant d'être exclu du concours pour cette faute. Il fallut, pour le rassurer, qu'un de ses camarades lui certifiât que la chose avait passé inaperçue au milieu des trépignements et des acclamations du peuple.

Et, à son retour de Grèce, il entra dans les villes d'Italie, à Naples, à Antium, à Albe, à Rome, par une brèche faite aux murailles et sur le char qui avait servi aux triomphes d'Auguste. Et il tapissa de ses couronnes les murs de sa chambre à coucher, — comme Delobelle.

Je ne parle point de ses mœurs, qui furent publiquement immondes, ni de toutes les folies que Tacite et Suétone nous ont rapportées.

Je n'ignore point que, dans les premières années de son règne, il promulgua quelques lois raisonnables et prit quelques louables mesures d'ordre public. Suétone les énumère consciencieusement (il est vrai qu'il y comprend le supplice des chrétiens). C'est qu'il est absolument impossible à un empereur, maître du monde, de ne point paraître se soucier quelquefois de l'intérêt public. C'est surtout qu'il lui importait de n'avoir pas le peuple contre soi. Et, en réalité, il fut populaire pendant la première moitié de son règne. La foule le trouvait « amusant »...

C'est peut-être dans ses dernières jour-
nées qu'il se montre le plus... ténor. La première nouvelle du soulèvement des Gaules
le laisse indifférent. Puis, quand il apprend
que Galba et l'Espagne se sont également
révoltés, il tombe en syncope. Revenu à lui,
il pleure et déchire ses vêtements. Sur la fausse
nouvelle d'un succès, il donne une fête, chante
lui-même à table et compose des épigrammes
contre les chefs de la révolte. Le péril s'ag-
gravant, il perd la tête, roule des imaginations
affreuses et grotesques : égorger tous les Gaulois en résidence à Rome, empoisonner le
Sénat entier dans un festin, mettre de nouveau
le feu à Rome, et lâcher les bêtes du cirque
sur le peuple, pour l'empêcher de se défendre
contre les flammes... Mais une idée géniale
lui vient, une idée de cabotin en délire. Il ira
lui-même dans les Gaules, il paraîtra sans
armes en présence des légions et, là, il se
contentera de pleurer. Les rebelles seront
émus par le pathétique de ses attitudes. Déjà
il songe à composer le chant triomphal par
lequel il célébrera cette victoire de la panto-

mime. Et son premier soin, au milieu des préparatifs de l'expédition, est de choisir des chariots pour transporter le matériel scénique, de faire couper les cheveux aux concubines qu'il emmènera avec lui, et de les pourvoir de haches et de boucliers d'amazones, bref, de faire marcher, contre les Gaules insurgées, le corps de ballet de l'Opéra!

Est-ce pour tout cela que M. Renan nous dit, dans l'*Antéchrist*, que Néron « avait des parties de l'âme d'un artiste »? Soit, si le goût du fastueux et de l'énorme, et peut-être une passion de névropathe pour la musique, suffisent à justifier ce compliment. La Maison d'or, telle qu'elle nous est décrite, semble bien n'avoir été grande que par les proportions et par la richesse matérielle des décorations. Le dessein de Néron paraît avoir été de « haussmanniser » Rome. Un véritable artiste n'eût pas ordonné cet incendie qui détruisit les plus précieux édifices de l'ancienne ville. M. Renan l'avoue lui-même : « Ce temple bâti par Evandre, cet autre élevé par Servius Tullius, l'enceinte sacrée de Jupiter Stator, le

palais de Numa, ces pénates du peuple ro-
main, ces monuments de tant de victoires, ces
chefs-d'œuvre de l'art grec, comment en
réparer la perte ? Que valaient auprès de cela
des somptuosités de parade, de vastes pers-
pectives monumentales, des lignes droites
sans fin ? »

Cela n'empêche point M. Renan d'intituler
un de ses chapitres — exquis d'ailleurs —
« l'Esthétique de Néron ». Qu'est-ce que Néron
a donc trouvé de nouveau en esthétique ?
Voici :

Il avait inventé un jeu. On attachait nus,
aux poteaux de l'arène, des adolescents,
des hommes, des femmes, des jeunes filles.
Une bête sortait de la *cavea*... Voyez le reste
dans Suétone. Or, la bête, c'était Néron
revêtu d'une peau d'animal fauve. Sur quoi
M. Renan écrit cette page subtile, tourmen-
tée, d'une obscurité attirante, et qu'il faut
citer tout entière :

«... Ce jour fut également celui où se créa
la charmante équivoque dont l'humanité a
vécu des siècles et, en partie, vit encore. Ce

fut une heure comptée au ciel que celle où la
chasteté chrétienne, jusque-là si soigneuse-
ment cachée, apparut au grand jour, devant
cinquante mille spectateurs, et posa, comme
en un atelier de sculpteur, dans l'attitude
d'une vierge qui va mourir. Révélation d'un
secret qu'ignora l'antiquité, proclamation de
ce principe que la pudeur est une volupté et
à elle seule une beauté ! Déjà nous avons vu
le grand magicien qu'on appelle l'imagina-
tion, et qui modifie de siècle en siècle l'idéal
de la femme, travailler incessamment à mettre
au-dessus de la perfection de la forme l'attrait
de la modestie (Poppée ne régna qu'en s'en
donnant les dehors) et d'une humilité résignée
(là fut le triomphe de la bonne Acté). Habi-
tué à marcher toujours à la tête de son siècle
dans les voies de l'inconnu, Néron eut, ce
semble, la primeur de ce sentiment, et décou-
vrit, en ses débauches d'artiste, le philtre
d'amour de l'esthétique chrétienne. Sa passion pour Acté et pour Poppée prouve qu'il
était capable de sensations délicates, et,
comme le monstrueux se mêlait à tout ce qu'il

touchait, il voulut se donner le spectacle de
ses rêves. L'image de l'aïeule de Cymodocée
se réfracta, comme l'héroïne d'un camée an-
tique, au foyer de son émeraude. En obte-
nant les applaudissements d'un connaisseur
aussi exquis, d'un ami de Pétrone, qui peut-
être salua la *moritura* de quelqu'une de ces
citations de poètes classiques qu'il aimait, la
nudité timide de la jeune martyre devint
rivale de la nudité, sûre d'elle-même, d'une
Vénus grecque. Quand la main brutale de ce
monde épuisé, qui cherchait sa fête dans les
tourments d'une pauvre fille, eut arraché les
voiles de la pudeur chrétienne, celle-ci put
dire : Moi aussi, je suis belle. Ce fut le principe d'un art nouveau. Éclose sous les yeux
de Néron, l'esthétique des disciples de Jésus,
qui s'ignorait jusque-là, dut la révélation de
sa magie au crime qui, déchirant sa robe, lui
ravit sa virginité. »

Que veulent dire ces phrases plus souples
que des écheveaux de soie ? Que la pudeur
ajoute à la beauté de la femme et, par suite,
au désir de l'homme ? Que c'est Néron qui,

le premier, a fait cette découverte, le jour où
il se rua sur les pauvres filles liées au poteau ?
Et que, ce jour-là, il ne fut, à bien prendre les
choses, que le plus délicat des esthéticiens ?
Oh ! l'inattendue façon d'appliquer les idées
de Fra Anglico sur la beauté féminine ! D'ailleurs, je vois mal, je l'avoue, en quoi l'esthétique née des petites remarques que put faire
Néron sous sa peau de bête fauve est pro-
prement « chrétienne ». Ne pensez-vous pas
qu'une petite païenne bien née, si elle eût été
exposée, dans les mêmes conditions, aux
mêmes outrages, eût pris exactement les
mêmes attitudes et offert aux yeux les mêmes
images plastiques que les jeunes martyres de
l'an 64, et qu'elle eût révélé, à l'exquis connaisseur qui la souillait avant de l'égorger, le
même évangile de pudeur ?... A quoi se réduit,
dès lors, la merveilleuse découverte de Néron ?
Oh ! combien M. Renan le flatte ! et combien
cela me trouble et m'afflige ! J'ai entendu dire
à M. Renan (car ce grand homme était la
sincérité et la simplicité même) qu' il y avait
dans ses livres des pages qu'il regrettait d'avoir

écrites. Je suis convaincu que la page sur
« l'esthétique de Néron » est de celles-là.
Mais je suis bien content qu'il l'ait écrite
tout de même.

*

Ce qui précède date de quelques années. La
dernière ligne indique que je subissais encore
l'influence renanienne. Sans doute la faiblesse
de Renan pour Néron me chagrinait, et j'avais
la sagesse de refuser à Néron le nom de dilettante : mais je paraissais revendiquer ce titre
pour moi-même. Je prétendais vivre « par
curiosité », et par une curiosité distinguée.
Je recherchais les idées rares et subtiles.

C'est dans cette disposition d'esprit, et
c'est précisément après la lecture de l'*Antéchrist*, que j'avais imaginé *Serenus*, histoire
d'un martyr qui n'a pas la foi, et *Myrrha*,
histoire d'une vierge chrétienne amoureuse
de Néron.

Ces exercices compliqués étonnent aujour-
d'hui mon âme devenue plus simple. Mais je
me rendrai du moins cette justice, que je me

suis consciencieusement efforcé de donner à ces hypothèses psychologiques un air de vraisemblance et de faire rentrer dans la vérité humaine ces deux « cas » évidemment exceptionnels.

JULES LEMAITRE.

8 décembre 1902.

MYRRHA

VIERGE ET MARTYRE

VEILLEZ et priez, car les temps sont
proches. Les signes se multiplient,
et malheur à ceux qui ont des yeux
pour ne pas voir ! Des pierres calcinées sont
tombées du ciel. Il a plu du sang sur Pouz-
zoles et sur Cumes. Le ciel est resté rouge
pendant toute une nuit, et la fumée va tou-

jours s'épaississant sur les champs Phlégréens.
Rappelez-vous l'inondation du Tibre, et les
tourbillons de vent qui ont ravagé la Cam-
panie, et la peste qui, l'automne dernier, a
emporté trente mille habitants de Rome, et la
famine qui a suivi, les arrivages d'Alexandrie
ayant été insuffisants, et le tremblement de
terre qui a renversé la moitié des maisons
de Pompéi, ville de mollesse et de débauche.
Et voilà que, récemment, une femme de la
Suburre a mis au monde un pourceau à tête
d'épervier.

Et le prêtre Diotime déployait, dans de
grands gestes, le manteau rouge jeté sur sa
tunique de laine blanche. Les chrétiens l'écou-
taient, fixant sur lui des yeux ardents, ou
baissant les paupières pour mieux recueillir
sa parole. C'étaient des esclaves, de petits
marchands, des ouvriers et des hommes de
peine. L'assemblée se tenait dans un de ces
grands tombeaux où des associations de pau-

vres gens s'assuraient une sépulture moyen-
nant une légère cotisation annuelle. Des
pierres funéraires, où étaient gravés, parmi
les inscriptions, des palmes, des agneaux,
des poissons et des colombes, recouvraient
presque entièrement les parois du souterrain.
Des lampes de cuivre, suspendues par des
chaînettes à la voûte de pierre, éclairaient
faiblement les têtes nues des hommes et les
fronts voilés des femmes.

Le prêtre continua :

— Je vais vous dire une vision que Dieu
m'a envoyée. J'ai vu sortir des eaux une
femme assise sur une bête. La femme, vêtue
de pourpre, couverte d'or, de perles et de
pierres précieuses, tenait à la main une coupe
pleine du vin de ses impuretés, car elle avait
forniqué avec tous les rois de la terre. La bête
était écarlate ; elle avait le corps d'un léo-
pard, les pieds d'un ours et la gueule d'un
lion. Et cette gueule vomissait des blasphèmes

contre Dieu, contre son nom, contre son ta-
bernacle et contre ceux qui demeurent dans
le ciel. Et les hommes disaient : « Qui est
semblable à la bête? et qui peut combattre
contre elle? » Et tous l'adoraient, excepté
ceux dont le nom est écrit depuis le commen-
cement du monde dans le livre de vie de
l'agneau qui a été égorgé... Mais le Seigneur
viendra. La séductrice infâme sera rejetée dans
la mer, et la bête précipitée dans l'étang sul-
fureux qui brûle éternellement. Et le Seigneur
bâtira sur la terre, pour ses élus, la Jérusalem
nouvelle.

A ce moment une jeune fille, assise au
dernier rang des fidèles et qui écoutait avec
une attention haletante, demanda à voix
basse à sa voisine, une femme âgée, toute
jaune sous son voile de lin :

— Dites-moi, bonne Mammæa, quelle est
la femme qui porte une coupe et quelle est
la bête écarlate?

— C'est bien facile à comprendre, Myrrha. La femme, c'est Rome ; et la bête, c'est l'empereur Néron. Mais il ne faut pas le dire tout haut.

Myrrha parut réfléchir ; un pli se creusa entre ses sourcils et une grande tristesse assombrit ses yeux et son front.

La messe commença. Diotime, les mains étendues sur l'autel de pierre où étaient le pain et le vin, récita les prières liturgiques. Puis les fidèles vinrent rompre le pain et boire à la coupe. Mais Diotime repoussa deux hommes et deux femmes qui s'approchaient à leur tour de la table sainte.

— Nos frères et nos sœurs que voici, dit-il en les désignant du doigt, ont péché publiquement, et leur pénitence doit être publique. Corvinus a été vu dans un cabaret avec une femme de mauvaise vie. Vultéius a assisté à un sacrifice dans le temple d'Esculape. Materna est allée aux jeux du cirque, et Accia a commis le péché d'adultère. Tous quatre, durant un mois, jeûneront au pain et à l'eau, et pendant le même temps seront exclus de la communion. J'ai honte et douleur à révéler de si grands péchés et à promulguer ces pénitences. A mesure que les temps approchent, la sainteté des fidèles doit être plus parfaite et les fautes sont plus indignes de pardon. La chair est abominable aux yeux de Dieu ; les spectacles et les jeux sont l'œuvre du démon ; et le chrétien qui assiste, ne fût-ce que de corps, au culte des idoles, renouvelle la trahison de Judas. Malheur à ceux qui, ayant reçu la lumière, se comportent comme des gentils ! Le monde est condamné : qu'il ne soit rien de commun entre le monde et nous ! Mais attendons avec tremblement le juge qui va venir.

Corvinus, Vultéius et Materna baissaient la tête. Accia sanglotait.

Un vieillard, l'évêque Calliste, qui était

assis près de l'autel, se leva. Et, quoiqu'il eût des rides profondes et une barbe de neige, ses yeux bleus étaient doux et clairs comme ceux d'un enfant.

Il dit à Diotime :

— Laissez-moi leur parler.

Et à Corvinus :

— Qu'avez-vous à dire au sujet du scandale que vous avez donné à vos frères ?

Corvinus, jeune, très brun, le cou puissant, répondit :

— J'ai péché, je le sais. Mais il y a des jours où le ciel est si doux et le soleil si beau que j'oublie le mystère de la chute et de la rédemption et que je suis repris, malgré moi, par le plaisir de vivre et de jouir de mon corps. Une femme qui passait m'a fait signe, et je l'ai suivie, ne sachant presque plus si j'avais une âme. Mais, après la faute, je me suis senti triste à en mourir. Alors j'ai parlé à cette femme de la révélation du Seigneur

Jésus. A mesure que je lui
parlais, elle détachait ses bras
de mon cou, et elle m'a même
supplié de la conduire un
jour à l'une de nos assem-
blées.

— Et vous? demanda le
vieillard à l'autre pénitent.

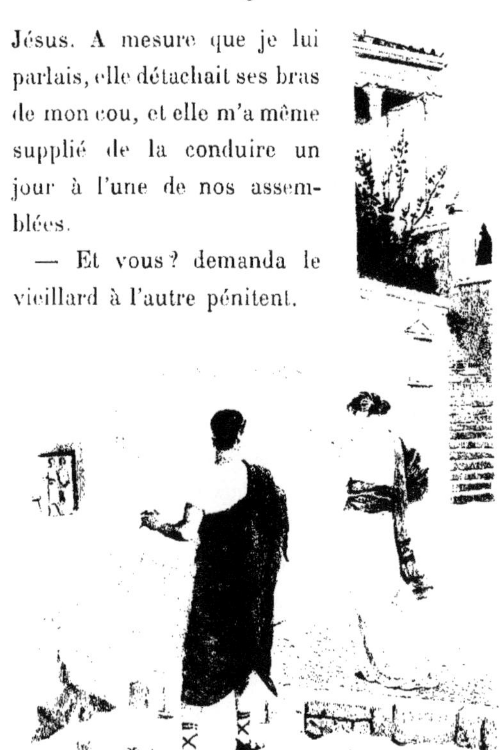

Vultéius, un homme entre deux âges, l'air simple et débonnaire, répondit :

— Mon beau-frère, qui est idolâtre, voulait offrir un sacrifice à Esculape pour obtenir la guérison de sa femme. Il m'a prié de venir avec lui au temple, et j'ai cédé, n'osant pas me dire chrétien, et aussi par crainte d'être un mauvais parent. Et certes je crois qu'Esculape n'est qu'un démon. Mais je dois dire que la malade guérit quelques jours après le sacrifice.

— Et vous, Materna? Dites-nous votre péché.

Materna, encore jeune, blonde et grasse, avec des yeux vifs dont son air de contrition ne pouvait entièrement dissimuler la gaieté naturelle, répondit :

— Mon mari, que je n'ai pu convertir encore, m'a suppliée de l'accompagner au cirque. J'ai refusé d'abord, mais il s'est fâché. Alors j'ai fait ce qu'il voulait, par faiblesse, pour avoir la paix à la maison, et aussi, je l'avoue, par curiosité : car l'empereur lui-même devait ce jour-là conduire un char à six chevaux.

A ces mots, Myrrha redressa la tête. Elle espérait un peu que Calliste allait demander à Materna comment était Néron et ce qu'elle avait éprouvé en le voyant. Mais le vieillard se tourna vers Accia :

— Et vous, ma fille, comment avez-vous pu ?...

Accia, grande et souple, ses deux mains sur son visage, continuait à pleurer. Elle répondit, secouée par des sanglots qui faisaient trembler les longs plis de ses voiles :

— Je l'aimais.

Calliste se recueillit un instant :

— Avez-vous au cœur l'amertume, vous, Vultéius et Materna, de votre lâcheté et de votre curiosité vaine ; vous, Corvinus et Accia, de votre impureté ?

Les quatre pénitents firent « oui » d'un mouvement de tête ; mais Accia, soit parce que les larmes l'étouffaient, soit qu'elle fût troublée par quelque souvenir, ne répondit qu'un peu de temps après les autres.

— Donc, reprit Calliste, je vous ordonne de prier, pendant une semaine, deux fois plus que vous n'avez coutume, et de chercher toutes les occasions de secourir les pauvres et les malades. Allez en paix et ne péchez plus.

Puis, comme à lui-même :

— Oui, voilà ce qu'*il* eût dit. Je le sais, car je *l'*ai vu.

A mesure que Calliste parlait et montrait sa grande charité, Myrrha avait senti diminuer la peine mystérieuse qui lui gonflait le cœur. Cependant elle avait encore dans les yeux un reste de préoccupation et d'inquiétude quand, après la cérémonie, Calliste s'approcha d'elle.

— Que le Seigneur te garde, Myrrha, dit le vieillard. Mais tu me parais un peu triste. Qu'as-tu donc ?

— Père, j'ai quelque chose à vous demander. Vous ne me gronderez pas ?

— Ce serait la première fois, petite Myrrha.

— Eh bien, je voudrais savoir si l'empereur Néron est aussi méchant que le croit le prêtre Diotime.

— Hélas ! mon enfant, j'en ai peur.

— Je suis donc obligée de le haïr ?

— Il ne faut haïr aucun homme, Myrrha. Il faut seulement haïr le péché.

— Alors, puisqu'un jour l'empereur a été bon pour mon père, il ne m'est pas défendu de lui en être reconnaissante ?

— Au contraire, dit Calliste.

— Mais, reprit Myrrha après avoir hésité un moment, serait-ce un péché que de chercher à voir l'empereur ?

Le calme visage du vieux prêtre devint

subitement sévère et dur, et il répondit d'un ton de colère et de menace :

— Ce serait un très grand péché à partir de ce jour, car au nom de Dieu et par l'autorité qu'il m'a donnée sur toi je te défends, entends-tu bien, Myrrha? de chercher à voir celui que tu as nommé.

— J'obéirai, dit Myrrha. Mais vous ne m'aviez jamais parlé aussi durement.

— Je n'ai point voulu te faire de chagrin, dit le vieillard en caressant les cheveux de l'enfant. Je t'ai parlé ainsi parce que je t'aime.

— Alors, dit Myrrha, appuyez-vous bien sur moi et n'ayez pas peur de trop peser. Je suis forte.

Et le vieillard et la jeune fille, pareils à un Œdipe et à une Antigone, sortirent lentement derrière la foule des fidèles.

Myrrha avait seize ans. Fille d'une Gauloise qui était morte en la mettant au monde et d'un esclave nommé Styrax, employé dans les cuisines de l'empereur, elle avait grandi dans le coin des jardins de César où se serraient les maisonnettes des esclaves et dans les salles souterraines du palais.

Elle était comme une fleur humble et délicate poussée sous les pieds de granit d'un colosse.

Elle n'avait jamais vu Néron. Elle ne le connaissait que par les conversations des autres esclaves. Elle entendait parler de sa puissance, de ses talents, des banquets et des fêtes qu'il donnait, jamais de ses crimes : car les murs avaient des oreilles et le moindre

L. E. Fournier, inv.   L. Le Saunier

A FERROUD ÉDITEUR

Imp. A Ferroud

mot imprudent eût été recueilli et rapporté à
l'empereur. Elle se le représentait comme un
être extraordinaire, unique, mystérieux, terrible et beau, qui menait là-haut, bien loin
au-dessus d'elle, une vie triomphale et quasi
divine. Et il y avait, dans les sentiments qu'il
lui inspirait, de l'émerveillement, de l'effroi,
une sorte de curiosité immobile et qui n'osait
se contenter.

Un jour, un plat composé par Styrax plut
tellement à l'empereur qu'il voulut savoir le
nom du cuisinier, fit appeler le pauvre homme
et l'affranchit tout aussitôt, à condition qu'il
resterait à son service.

Ainsi, ce tout-puissant prenait la peine d'être
bon ! Myrrha en fut pénétrée d'une profonde
et tremblante gratitude.

Mais Styrax, qui était un homme simple et
droit, resta triste et comme effrayé de son
aventure. C'est qu'il avait vu de près la gloire
de Néron et, dans le flamboiement de la fête,

l'empereur vautré, demi-nu, avec un visage
de fou, et autour de lui, sur les tapis et au
milieu des roses effeuillées, une jonchée de
corps terrassés par l'orgie... Et il avait peur
de sa liberté, parce que c'était l'ivresse de
Néron qui la lui avait donnée.

Peu de temps après, Styrax mourut, soit
qu'il eut contracté à la chaleur de ses four-
neaux quelque lente maladie qui tout à coup
se déclara, soit que le chef des cuisines (ce
fut le bruit qui courut) l'eût empoisonné par
jalousie.

La vieille Mammæa recueillit Myrrha chez
elle dans sa petite chambre de la Suburre.
Elle lui apprit à faire des broderies pour les
robes des dames romaines. Et c'est de ce
métier qu'elles vivaient toutes deux.

Calliste habitait la même maison. Il était
âgé de plus de quatre-vingts ans. Jadis, en
Palestine, il avait été préposé au péage d'un
pont sur le Jourdain. Là, il avait vu plu-

sieurs fois Jésus et ses premiers compagnons. Comme ils étaient pauvres et qu'ils lui plaisaient par leur simplicité et leur bonté, il les laissait passer pour rien. Néanmoins il n'avait osé croire d'abord à la « bonne nouvelle », et c'est seulement après le supplice de Jésus qu'il s'était donné à lui.

Venu à Rome avec l'apôtre Pierre, il l'avait aidé à y annoncer l'Évangile. Et, depuis que Pierre et Paul étaient retournés en Asie pour visiter les églises, il avait acquis une grande autorité sur les fidèles, parce qu'il était très saint, et aussi parce qu'il était désormais le seul, parmi eux, qui eût vu le Christ.

Et, tandis que d'autres prêtres, tels que Diotime, gouvernaient un peu rudement leur troupeau et songeaient à fixer les dogmes de la religion nouvelle afin de rendre l'Église plus forte, Calliste était indulgent aux pécheurs, pourvu qu'il n'y eût point chez eux de malice ni de dureté, et il ne prêchait guère que l'amour de Dieu et des hommes. Et, dans toutes les circonstances où il avait à se prononcer, il répétait :

— Oui, voilà ce qu'*il* eût fait, voilà ce qu'*il* eût dit. Je le sais, car je *l'*ai vu.

La première fois qu'il rencontra, dans l'escalier de la maison de Suburre, sa petite voisine Myrrha, il fut frappé de sa grâce et de son innocence. Il lui parla et n'eut pas besoin d'en dire beaucoup : d'elle-même l'âme de Myrrha allait au Christ. Le vieillard et la jeune fille se comprirent sans peine et s'aimèrent, étant tous deux charitables et purs.

Et c'était Myrrha qui, chaque semaine, conduisait Calliste à l'assemblée des fidèles et qui le ramenait.

CALLISTE et Myrrha suivaient la voie Appienne, dallée de larges blocs et bordée de tombeaux dont la blancheur éclatait çà et là parmi les chênes verts, les ifs et les lauriers-roses. Le soir tombait et, devant eux, la ville profilait ses dômes, ses arcs et ses frontons sur le ciel violet. Et ils marchaient vers l'énorme cité, portant sous leur front, eux si humbles, la pensée nouvelle qui devait conquérir cette maîtresse du monde.

Myrrha songeait, retombée dans sa tristesse.

— Mais, dit-elle enfin, qu'a donc fait l'empereur Néron?

— Des choses telles, Myrrha, que je n'oserais te les dire toutes et que tu ne saurais même les concevoir.

— Mais encore ?

— Je ne te parlerai pas de ses plaisirs ni des profanations affreuses et publiques auxquelles il livre son corps. Et il ne lui suffit pas d'être impur : il voudrait que tout le genre humain le fût avec lui. Sa joie est de flétrir tout ce qu'il peut atteindre Je ne puis t'en dire davantage. Par lui, Rome entière est devenue un cirque, une taverne, un mauvais lieu.

— Mais, dit Myrrha, si l'empereur est ainsi, n'est-ce point parce qu'il peut tout ce qu'il veut, et parce que la vérité ne lui a pas encore été annoncée ? Qui sait ? Il peut être tout ce que vous dites sans avoir le cœur tout à fait mauvais, et sans être méchant ni cruel.

— Celui-là est toujours méchant, dont l'unique pensée est d'assouvir son corps ; et ta douceur, Myrrha, te vient de ton innocence. Mais, au reste, Néron a empoisonné son frère ; il a fait mourir sa femme, qui était une princesse bonne et vertueuse. Il a tué Sénèque et Burrhus, ses anciens précepteurs. Or, c'étaient de fort honnêtes gens ; même, l'apôtre Paul faisait le plus grand cas de Sénèque : il avait eu plusieurs entretiens avec lui et espérait l'amener à la foi. Néron en a tué beaucoup d'autres, par jalousie, haine de la vertu ou cupidité. Enfin il a voulu noyer sa mère et, n'ayant pu y réussir, il l'a fait tuer par un centurion. Il n'est pas seulement le plus infâme des histrions ; il est le plus cruel des meurtriers et des bourreaux... Mais qu'as-tu, Myrrha ? et à quoi songes-tu ?

De ses yeux élargis, la jeune fille semblait regarder quelque chose d'horrible, qu'elle faisait effort pour se figurer quoiqu'elle en eût peur... Elle murmura d'une voix lente :

— Je songe qu'aucun homme n'est plus à plaindre que l'empereur Néron.

Myrrha avait vécu jusque-là fort reti-
rée, entre le vieux Calliste et la
vieille Mammæa. Et, dans la rue,
elle avait toujours évité de se mêler aux conversations des badauds et des commères devant les échoppes des marchands. Mais maintenant, chaque fois qu'elle sortait pour porter
son ouvrage ou faire des emplettes, elle s'at-
tardait dans la foule, écoutait ce qui s'y disait,
et, quand elle rencontrait des gens de sa con-
naissance, les interrogeait sur l'empereur.

C'était le barbier Scévola qui lui répondait
le plus abondamment. Sa boutique s'ouvrait
au coin de la maison qu'habitait Myrrha. Son
métier lui permettait d'être renseigné sur
beaucoup de choses, et ses propos résumaient
assez exactement l'opinion du peuple sur ce
qui intéressait si fort la jeune fille :

— Oui, c'est vrai, on en dit de toutes sortes au sujet de l'empereur Néron... Il y a d'abord la mort du prince Britannicus. L'affaire a paru louche : ce n'est pas moi qui vous en dirai le fin mot, attendu que je ne le sais pas. Mais ce que je sais bien, c'est que, lorsque deux princes se disputent le gouvernement, cela va toujours mal. Comme cela,

du moins, nous sommes tranquilles... Il y a
aussi la mort de sa mère; mais je n'en sais pas
plus sur cette histoire-là que sur l'autre. Ce
qu'il y a de certain, c'est que la mère était
une fière coquine et qui ne s'était pas gênée
dans le temps pour faire manger à son mari,
l'empereur Claude, de mauvais champignons.
Sans compter qu'elle voulait régner à côté de
son fils et qu'elle se mêlait de choses qui ne
la regardaient pas. Ce n'était pas amusant
pour lui, il faut être juste... Quant à sa première femme, l'impératrice Octavie, ce qui
lui est arrivé est bien malheureux pour elle :
mais on ne la connaissait seulement pas; elle
était fière et ne se montrait jamais en public.
Aussi, quand on a su qu'elle était morte, cela
n'a pas produit grand effet... Enfin tout cela
n'est point mon affaire. C'est de la politique.
Il faut que quelqu'un soit le maître, n'est-ce
pas ? Il y en a encore pas mal d'autres dont
l'empereur s'est débarrassé : mais c'étaient

des riches et des aristocrates, de ceux qui voudraient qu'on ne fasse jamais rien pour le peuple. Lui, l'empereur, il s'occupe de nos intérêts. Il a fait des lois pour empêcher les avocats de se faire payer si cher. Il aurait voulu supprimer les impôts indirects. Le Sénat s'y est opposé. Alors, le prince nous venge en frappant les nobles... Ce n'est pas un mauvais empereur pour nous...

— Je lui dois d'être libre, ne put s'empêcher de dire Myrrha. C'est lui qui a affranchi mon père.

— Vous voyez bien ! reprit le barbier. Et puis, on n'a jamais donné tant de fêtes, ni de si belles. Même il paye de sa personne pour nous distraire. L'autre jour encore, aux courses des fêtes de la Jeunesse, il a conduit un char... Il a été vainqueur. C'était peut-être arrangé d'avance, mais on lui doit bien cela.

— Vous l'avez vu ?

— Comme je vous vois.

— Et comment est-il ?

— Ah! ce n'est pas parce qu'il est l'empereur, mais c'est un bel homme. Et un air !...
On a beau dire, ce n'est pas un homme
comme nous autres... Enfin, il fait ce qui lui
plaît et ceux qui y trouvent à reprendre..., eh
bien, qu'ils s'en aillent causer ailleurs que
chez moi... Je ne dis pas cela pour vous,
Myrrha.

MYRRHA était de plus en plus inquiète.
Certes elle ne doutait point de la
parole de Calliste, et même les
propos du barbier confirmaient sur bien des
points ce que lui avait dit le vieux prêtre.
Quand elle essayait de se représenter dans leur
réalité les crimes de Néron, elle en frisson-
nait d'épouvante ; et elle avait grande pitié
des victimes. Mais en même temps cela lui

faisait presque plaisir de savoir
que Néron n'était pas haï du
peuple.

A force de penser à l'empereur, une envie secrète grandis-
sait en elle. Si elle pouvait le
voir ! Rien qu'une fois ! Après,
elle serait plus tranquille. Non
pas qu'elle oubliât sa promesse :
elle était résolue à ne rien faire
pour le rencontrer ; et, du reste,
elle s'avouait à peine son propre désir, tant il s'y mêlait de
terreur.

Elle ne croyait donc pas mal agir le matin
où elle alla faire visite au vieux Ménalque,
un ancien ami de son père. Ménalque était
un des jardiniers de Néron. Il demeurait
au coin d'une grande terrasse, dans une mai-
sonnette cachée par des arbres, et l'on pouvait entrer chez lui sans passer par le jardin
impérial. Myrrha apporta à la petite fille
du bonhomme une poupée d'argile qu'elle
avait habillée comme une patricienne : mais
la vérité, c'est qu'elle venait pour parler de
Néron.

Aussi ne tarda-t-elle pas à raconter à Ménalque tout ce que Calliste lui avait dit, et
elle ajouta :

— Tout cela est-il vrai? Vous devez le
savoir, vous qui êtes ici depuis si longtemps
et à qui les esclaves du palais ont coutume
de faire leurs confidences.

D'un geste brusque, Ménalque entraîna
Myrrha au fond de la chambre, regarda tout

autour de lui et, se penchant à son oreille, murmura très bas :

— Oui, tout ce qu'on a dit est vrai, et je sais des choses plus terribles encore.

Puis, sans remarquer la pâleur subite de la jeune fille :

— Je n'en parle jamais, désirant mourir en repos.

Et, détournant l'entretien :

— Mais, puisque vous voilà, vous plairait-il de vous promener un peu aux alentours ? C'est la partie du jardin la plus éloignée du palais, et l'empereur n'y vient jamais, du moins à cette heure de la journée.

— Je veux bien, dit Myrrha.

Ménalque sortit avec elle, puis la quitta pour aller à son travail.

Une vaste avenue bordée d'arbres géants se déroulait du palais jusqu'à la terrasse et se terminait par un haut portique, d'où l'on dominait toute la ville. Vers le milieu de l'avenue s'arrondissait un large bassin, où des tritons de bronze vomissaient l'eau en vibrantes fusées. De chaque côté, à des intervalles réguliers, des dieux, des déesses, des satyres et des nymphes dressaient leurs corps blancs.

Myrrha n'osait les regarder, redoutant leur immodestie, ou de peur de trouver de la beauté dans ces représentations d'idoles. Et d'ailleurs, bien qu'elle fût seule, elle était toute timide à cause de la pompe et de la majesté du lieu.

Tout à coup elle entendit un bruit de voix et vit déboucher dans l'allée une bande de promeneurs magnifiquement vêtus.

Vite elle se jeta derrière un massif de feuillage.

Bientôt ces hommes passèrent devant elle. D'abord l'empereur, appuyé sur un bel enfant syrien : puis, à une distance de quelques pas, ses compagnons habituels, Othon,

A. FERROUD, ÉDITEUR

Imp. A. Forestbeuf

Sénécion, Tigellin, avec des visages pâles et fins, la démarche molle et balancée.

Myrrha ne voyait que Néron. Elle le reconnut à sa ressemblance avec les effigies des monnaies, et surtout à l'air et à l'expression de son visage.

D'étroites frisures noires dentelaient son front bas. La voûte profonde des sourcils faisait une ombre à ses yeux verts, tout alangui de rêve. La mâchoire était large, le menton saillant, la lèvre lourde. Il y avait en lui du dieu et de la bête.

Des broderies d'or brillaient doucement dans les plis de sa toge de soie blanche; un collier de rubis faisait rouler sur sa poitrine des gouttes de sang et de feu; et la main grasse qu'il appuyait sur l'épaule de l'enfant brun jetait des étincelles à chaque pas, tant elle était chargée de joyaux.

Myrrha, quoiqu'elle ne fût qu'une ignorante petite fille, eut l'impression que cet homme

était infiniment éloigné d'elle, non seulement
par sa condition terrestre, — lui maître du
monde, elle si obscure et si pauvre, — mais
par le fond même de sa pensée et de son âme.
Et en même temps elle fut frappée de l'im-
mense tristesse de ce tout-puissant. Ce qui se
passait en elle était étrange. C'était comme si
elle eût eu pitié de lui, de très bas, en tremblant,
et comme si sa pitié eût eu à traverser l'infini
d'un monde.

Au moment où il longea le massif derrière
lequel elle était blottie, Néron parlait. Il parlait pour lui seul, sans se retourner vers ses
compagnons. Et voici ce que Myrrha entendit :

— ... Je m'ennuie... Ma puissance est trop
limitée. Les plaisirs que je puis me procurer,
j'en suis rassasié; et ceux que je rêve sont
irréalisables, même pour moi... Je suis plus
riche que les anciens rois de Perse : mais,
quoi que je fasse, je ne tiendrai jamais entre

mes mains tous les trésors de l'univers... Il
y a dans les voluptés des sens un degré
suprême ou j'atteins quelquefois à force d'ar-
tifice, mais où je ne puis me maintenir... J'ai
fait mourir beaucoup d'hommes : mais je ne
puis tuer tous mes ennemis, car je ne les
connais pas tous... Je suis le plus grand des
poètes : mais je suis obligé, pour composer
des vers, de choisir les mots avec effort, et
de compter et de mesurer les syllabes... Je
suis le plus harmonieux des chanteurs : mais
je suis obligé, pour conserver mon admirable
voix, d'user sobrement de vin et de me priver
de nourritures que j'aime... Tout cela est
absurde et irritant... Je suis bien malheureux... J'insulterais les dieux, si les dieux
existaient... Être le plus grand des hommes
— et n'être que cela, ô rage !... Que ce jardin
est mesquin ! et qu'il est monotone ! Je voudrais des jardins si vastes qu'on y verrait des
forêts, des fleuves, des montagnes et des lacs,

et que tous les plus nobles aspects que
peut prendre la face de la terre s'y trouve-
raient réunis, d'autant plus beaux qu'ils
seraient l'œuvre, non de la nature, mais de
l'art, et qu'on y sentirait la puissance et la
volonté d'un homme.

Il était arrivé au bout de la terrasse, sous
le portique de marbre. Il se pencha sur la
balustrade et regarda à ses pieds la houle
immobile des toits :

— Que cette ville est laide ! dit-il.

Et il ajouta :

— Je la brûlerai.

L E lendemain, Myrrha alla trouver
Calliste dans sa pauvre chambre et,
s'agenouillant, lui dit :

— Père, j'ai gravement péché.

— Oh ! dit le bon Calliste, je ne te crois pas.

— Il n'est pourtant que trop vrai. J'ai manqué à la promesse que je vous avais faite. J'ai vu Néron.

Le vieux prêtre eut un sursaut d'étonnement et d'effroi :

— Et lui, t'a-t-il vue ?

— Non ; car j'étais bien cachée.

Le visage de Calliste se rasséréna :

— Remercie Dieu, dit-il.

Il demanda à la jeune fille où et comment elle avait fait cette rencontre, et elle le lui expliqua de point en point.

— Mais, reprit-il, quand tu es allée chez le

jardinier Ménalque, désirais-tu voir l'empereur?

— Je crois que oui; mais je désirais le rencontrer par hasard.

— Pourquoi?

— Je ne saurais le dire.

— Et lorsque tu t'es promenée dans le jardin, savais-tu que tu le verrais?

— Comment l'aurais-je su?

— Mais au moins tu l'espérais?

— Je n'en sais rien.

— Alors, pourquoi dis-tu que tu as gravement péché?

— C'est que j'ai perdu la paix et que je suis troublée comme si j'avais commis une grande faute.

— O Myrrha, il est donc vrai que nous portons en nous des sentiments et des pensées ignorés de nous-mêmes, et que l'âme la plus limpide et la plus pure a ses ténèbres... Prions Dieu qu'il nous accorde de nous

connaître tout entiers et de ne rien souffrir en
nous qui lui déplaise... Mais, dis-moi, qu'as-
tu éprouvé en voyant le plus grand ennemi
de Dieu ?

— L'avouerai-je, ô père ? J'ai d'abord été
éblouie par sa beauté et par la magnificence
de ses habits. Puis, il s'est mis à parler, et,
bien que le sens de quelques-unes de ses
paroles m'ait échappé, j'ai compris qu'il devait
être réellement coupable des impuretés et
des cruautés dont on l'accuse... Mais aussi
j'ai compris qu'il souffrait.

— Si cela est vrai, ce n'est que justice.

— Je n'oserai donc pas vous dire une pensée
qui m'est venue.

— Parle, Myrrha, je le veux.

— Eh bien, peut-être que, s'il a commis
tant de crimes, c'est parce qu'il est l'empereur
et qu'il voit le monde entier au-dessous de
lui. Et alors il ne serait pas plus méchant,
même en commettant ces crimes, que ne le

sont les autres hommes en se laissant aller à des fautes ordinaires.

— A ce compte, Myrrha, si Dieu t'avait fait naître impératrice, tu serais devenue la plus méchante des femmes ?

— Oh ! père, que dites-vous là ?

— Tu vois bien !

— Mais l'empereur, lui, ne connaît pas la bonne nouvelle. Peut-être l'écouterait-il, si elle lui était annoncée. Ne le croyez-vous pas ?

— Non, Myrrha, je ne le crois point. Il a mis dans toutes ses actions une si profonde et si noire malice, qu'il a d'avance repoussé la grâce de Dieu.

— Cependant, il a dit une chose qui ne vous aurait pas déplu. Il a dit qu'il ne croyait point aux idoles.

— Hélas ! il serait moins éloigné du vrai Dieu, s'il croyait seulement aux autres.

— Mais on dit qu'il a voulu supprimer

les impôts, par pitié pour les pauvres.

— Dis par orgueil et pour être applaudi de la populace du cirque. Il feignait la pitié par une comédie sacrilège ; et, d'ailleurs, il n'aurait pu soulager les pauvres de Rome qu'en pressurant davantage ceux des provinces.

Myrrha réfléchit ; elle se souvint du mot de Néron : « Je brûlerai Rome » ; mais elle ne le dit point à Calliste. Elle reprit :

— Je vois bien qu'il est le plus criminel des hommes, le seul peut-être dont la damnation soit assurée. Mais cela n'est-il pas effroyable à penser ? S'il est, comme vous le dites, irrémédiablement méchant, quoi de plus triste que d'être ainsi ? Et puisque Dieu savait qu'il serait méchant à ce point, pourquoi donc l'a-t-il mis au monde ?

— Ceci, Myrrha, est un grand mystère. Dieu a voulu sans doute éprouver par là la vertu de ses serviteurs. Je ne sais rien de plus.

— Mais, dit la jeune fille à mi-voix et comme hésitant devant sa pensée, peut-être bien que l'empereur Néron n'a point d'âme et que, lorsqu'il sera mort, il retombera dans le néant? Il ne serait alors qu'un fléau, comme la tempête ou les tremblements de terre. Dieu ne peut-il envoyer aux hommes l'épreuve qui les fortifie, sans que l'ouvrier de cette douleur d'un jour soit lui-même condamné à la souffrance éternelle?

Calliste était si surpris qu'il ne trouva rien à répondre.

— Enfin, poursuivit Myrrha, ce sont des choses où je ne comprends rien. Pourtant... il y a des hommes et des femmes qui l'aiment... Il a, de lui-même, donné la liberté à mon père... Il est beau, et on dit qu'il a beaucoup d'esprit... Si l'on pouvait... Est-ce un péché de croire que tout homme, quoi qu'il ait fait, peut encore être sauvé?

— Non, certes, dit Calliste.

— Et serait-ce un péché de prier pour
l'empereur Néron et de s'imposer des pénitences dont on lui appliquerait le fruit?

— Pas davantage ; mais ce serait, je crois,
fort inutile.

— Et si quelqu'un offrait sa vie à Dieu avec
l'espoir que Dieu voudra bien, en échange,
accorder à l'empereur une chance de salut, ferait-il quelque chose de répréhensi-
ble ?

— Laisse ces pensées, Myrrha, je t'en con-
jure. Prends garde qu'il n'y entre un peu
d'orgueil et beaucoup de vaine curiosité. Con-
tente-toi d'être une enfant modeste, pieuse et
attachée aux devoirs de ton état, comme tu
l'as été jusqu'ici. Et promets-moi de nouveau,
et plus sérieusement que la première fois, de
ne plus jamais chercher à revoir l'empereur
Néron. Ce n'est qu'à cette condition que je
puis t'absoudre.

— Je ferai, père, ce que vous voudrez ;

mais, ce n'est pas ma faute, depuis que je l'ai vu, je pense toujours à lui.

Un jour, Myrrha était allée porter des broderies à une dame, dans une maison de campagne des environs de Rome.

Comme elle s'en revenait le soir, elle vit dans le ciel une grande lueur rouge. A mesure que Myrrha approchait de la ville, cette lueur allait s'élargissant. Bientôt elle remplit le ciel tout entier. Les arbres du chemin que suivait la jeune fille en furent violemment éclairés, et son ombre marchait à son côté, aussi nettement découpée qu'en plein soleil.

A un détour, elle vit devant elle Rome qui brûlait.

La flamme avait jailli dans la partie du grand cirque contiguë au mont Palatin et au mont Cœlius. Elle avait dévoré ce quartier

aux ruelles tortueuses
dont les maisons se
joignaient presque par
leur faîte, s'y engouf-
frant et s'y allongeant
comme dans les tuyaux
d'une cheminée de cy-
clopes. Maintenant, elle
enveloppait le Palatin,
pareil à une île dans
une mer de feu, et, tan-
dis qu'elle en léchait les
flancs, elle envahissait,
tout autour, le Vélabre,
le Forum et les Cari-
nes. Enfin elle esca-
lada la colline impé-
riale et là, d'un élan
furieux, sembla jaillir
jusqu'aux étoiles. Puis,
en vastes coulées, elle

redescendit vers la Suburre. Et Rome était comme une prodigieuse fournaise dont les charbons auraient eu la forme de dômes, de frontons, de portiques et de murailles percées de trous.

Comme elle passait sous le mur d'une haute terrasse où s'élevait une tour carrée, Myrrha entendit quelqu'un chanter au sommet de cette tour en s'accompagnant de la lyre.

C'était un chant triste et lent, dans une langue qu'elle ne connaissait pas, une élégie de Simonide sur l'incendie de Troie. La voix, harmonieuse quoique un peu voilée, se traînait et gémissait. Myrrha s'arrêta pour l'écouter. Mais elle sentit bientôt que cette douleur était feinte et que le chanteur admirait lui-même la beauté de sa voix. Et alors ce chant lui fit mal.

Lorsqu'elle arriva à la porte Capène, elle y trouva une foule désespérée de gens du peuple campés parmi les pauvres meubles et les paquets de hardes qu'ils avaient pu arracher à l'incendie.

Beaucoup pleuraient en racontant que quelqu'un des leurs, une vieille mère, une femme, un petit enfant, n'ayant pu s'échapper, avait péri dans les flammes.

Un homme disait :

— Je suis sûr qu'il en est bien resté trois cents, rien que dans le quartier des Esquilies.

— Mais, disait un autre, il faut tâcher d'éteindre le feu, ou du moins lui faire sa part en démolissant les maisons qu'il menace afin de sauver le reste de la ville.

On lui répondit :

— Nous avons essayé. Mais il y a des hommes qui empêchent d'approcher ceux qui voudraient porter secours. Ils disent qu'ils ont des ordres.

Et Myrrha se rappelait la parole de l'empereur. Il avait donc fait ainsi qu'il avait dit ! Assurément ce crime dépassait tous les autres.

Et ce crime, elle le voyait, elle le touchait ;
il s'étalait, là, sous ses yeux.

Alors, le cœur serré de compassion pour
les victimes, elle songea :

— N'est-ce pas, Seigneur, que vous ouvrirez
à tous ces malheureux votre saint paradis,
et que leur souffrance aura passé comme un
mauvais rêve ?... Mais lui ! lui ! S'il en est
temps encore, je vous offre ma vie pour qu'il
vous plaise de lui envoyer un rayon de votre
grâce.

ELLE regagna la Suburre par un long
détour, très en peine de Calliste et
de Mammæa. Ils étaient tous deux
sains et saufs, mais la maison qu'ils habi-
taient avait été brûlée. Un grand nombre
d'autres chrétiens étaient sur le pavé. Calliste
les consolait et les encourageait.

— Bénissons Dieu, disait-il, de nous avoir
enlevé le peu que nous avions de ces biens
terrestres auxquels on tient toujours trop.
Puis la détresse commune nous est une occa-
sion de nous aider les uns les autres et de
montrer que nous nous aimons.

L'empereur permit aux incendiés de s'ins-
taller dans les temples qui étaient encore
debout et dans les marchés. Il leur ouvrit
aussi une partie de ses jardins. Il fit cons-
truire pour eux des baraques en bois sur le
Forum et leur fit distribuer des vivres.

Mais cela n'empêchait point le peuple de
dire que c'était Néron qui avait mis le feu à
la ville, et que même il avait chanté en regar-
dant l'incendie du haut d'une tour.

Ces propos rappelèrent à Myrrha le chant
d'histrion qu'elle avait entendu sur son chemin. Mais, à ceux qui accusaient l'empereur,
elle répondait, essayant de se tromper elle-
même :

— S'il avait allumé l'incendie, mettrait-il tant de zèle à secourir les victimes ?

Et elle ne s'apercevait pas de la faiblesse de ce raisonnement.

LES chrétiens, ne voulant point se retirer dans les temples des faux dieux ni s'abriter sous les baraques, en haine des mains impies qui leur offraient ce secours, se réfugièrent dans leurs tombeaux.

Myrrha et Mammæa continuèrent à faire des broderies pour les dames romaines, ce qui leur permit de vivre et même de soulager leurs frères indigents.

Or, malgré leur grande misère, beaucoup de chrétiens se réjouissaient de l'incendie, tant ils détestaient Rome, la ville impure.

Surtout le prêtre Diotime exultait d'une joie sombre. Il dit un jour aux frères assemblés :

— La main qui a allumé ce feu peut être
abominable. Mais elle n'a rien fait que par la
volonté de Dieu. Car, voyez : les plus anciens
temples des idoles, ceux que la malice ou
l'ignorance des infidèles vénérait le plus, ont
été détruits de fond en comble. Brûlé, le
temple de la Lune, bâti
par Servius Tullius !
Brûlé, le temple consa-
cré à Hercule par le roi

Évandre ! Brûlé, le temple
de Jupiter Stator, élevé par Romulus ! Brûlés,

le palais de Numa Pompilius et le temple de
Vesta! Ceci, plus clairement que tout le reste,
nous annonce la fin du monde, laquelle doit
arriver par le feu. Et cette fin sera le commen-
cement de notre victoire et de notre joie.

— Mon frère, dit Calliste, vous avez peut-
être raison. Mais comment se réjouir d'un
événement qui a apporté tant de souffrance
aux humbles, à ceux que Jésus aimait?

A ce moment, des soldats, conduits par un
centurion, envahirent le lieu de l'assemblée :

— Nous vous arrêtons par ordre de l'empereur, dit le centurion.

— Pourquoi? demanda Calliste.

— Parce que c'est vous, les chrétiens, qui
avez mis le feu à la ville.

Et, désignant Diotime :

— Les discours de ce misérable ne le prou-
vent-ils pas?

Myrrha avait cru que le dernier crime de
Néron était le plus grand qu'on pût concevoir.

Or, il venait de faire quelque chose de plus
effroyable encore en accusant de ce crime des
innocents. Et c'est pourquoi elle dit à Dieu :

— Pour lui, pour son salut, non seulement
ma vie, Seigneur, mais toutes les tortures
qu'il vous plaira !

Les soldats emmenèrent donc les chrétiens et les jetèrent pêle-mêle dans les
souterrains de la prison Mamertine.
Et Myrrha éprouvait un obscur plaisir à
songer qu'elle était prisonnière par le com-
mandement de Néron : car c'était la première
fois que la volonté du tout-puissant César
agissait directement sur son humble destinée.
Toujours elle revoyait, plus belle dans son
souvenir, la tête terrible et triste de l'empereur, et elle espérait comparaître devant lui
pour être interrogée.

Souvent, dans la prison, le prêtre Diotime, entre deux prières, s'emportait en imprécations contre Néron et repassait ses crimes ; et jamais il ne l'appelait autrement que « la Bête ».

Et, bien qu'elle sût que Diotime avait raison, Myrrha souffrait cruellement.

Mais, une fois, un des prisonniers émit cet avis que c'était l'impératrice Poppée qui avait persuadé à Néron d'accuser les chrétiens, parce que, ayant été initiée à la religion juive, elle haïssait les disciples de Jésus. Il raconta que l'empereur aimait éperdument Poppée, que pour elle il avait tué sa première femme, qu'il ne lui refusait jamais rien, et que récemment il lui avait donné trois cents ânesses pour prendre des bains de lait.

Et, bien que l'intervention de Poppée diminuât un peu le crime de Néron, Myrrha, ce jour-là, souffrit encore davantage.

— Oh! cette juive ! dit-elle.

Les prisonniers comparurent devant un proconsul, ce qui fut une grande déception pour Myrrha. Il se contenta de leur demander s'ils étaient chrétiens et les condamna à être exposés aux lions dans le grand cirque.

— L'empereur y sera-t-il ? demanda Myrrha à l'un des geôliers.

— L'empereur ne manque pas une de ces fêtes, répondit l'homme.

Une grande joie illumina le visage de la jeune fille, ce pâle et diaphane visage où il n'y avait plus de place que pour les grands yeux ardents aux paupières violettes et pour la petite bouche toujours entr'ouverte par le léger halètement d'un angélique désir... Elle ne voyait plus clair dans ses pensées. Il lui était doux de mourir pour un si grand coupable et d'accomplir ainsi son vœu. Mais

mourir par lui, n'était-ce pas horrible? Non,
car sans doute son supplice était aggravé par
là, mais il serait ainsi plus méritoire et plus
efficace et, à cause de cela, il ne serait donc
plus douloureux... Enfin, elle ne savait plus...
Parfois, elle était prise d'épouvante : elle ne
comprenait pas que Néron ne lui fît pas hor-
reur. Elle n'entendait, ne voyait plus rien,
vivait dans une fièvre et dans un rêve.

Le vieux Calliste la considérait avec inquiétude. Depuis longtemps elle ne lui avait point reparlé de l'empereur Néron. Mais il sentait bien qu'elle n'avait pas d'autre pensée. Il se demandait s'il ne fallait voir dans cette étrange préoccupation qu'un miracle de la charité. Et il n'osait l'interroger, craignant d'être inhabile à scruter cette âme, et de la troubler rien qu'en y touchant.

La veille du supplice, après la prière du soir, que les condamnés faisaient en commun, Myrrha dit à haute voix :

— Prions pour l'empereur Néron.

Les chrétiens hésitèrent un instant. Mais le prêtre Calliste songea en lui-même :

— J'avais tort d'être inquiet : Myrrha est plus sainte que nous.

Et il commença la prière pour l'empereur, et les autres chrétiens la récitèrent avec lui.

Or, en entendant cela, un geôlier qui se tenait près de la porte (c'était un Gaulois, très grand et très blond) se mit à pleurer et pria Myrrha de lui expliquer la religion du Christ.

LE lendemain, on conduisit les chrétiens dans une prison basse, située sous l'amphithéâtre du grand cirque. A travers les barreaux, Myrrha voyait l'arène éclatante de lumière et, sur les gradins qui s'élargissaient en cercles, tout un peuple assis, sénateurs, chevaliers, soldats, plébéiens, vestales et courtisanes, en capuchons de laine, en tuniques fauves, en manipules de soie ; une foule grouillante et bourdonnante que des voiles, tendus dans l'air et soutenus par des cordages, baignaient de mobiles reflets rouges.

Elle aperçut, en face, le bas des lourds tapis retombant de l'estrade impériale et, un peu sur le côté, derrière d'autres barreaux, dans

L. F. Fournier, pinx.   X. Le Sueur, sc.

A FERROU SAUTEUR

Imp. A. Fournier

les demi-ténèbres, des lions qui passaient et repassaient.

Les autres condamnés priaient, prosternés par groupes, ou s'embrassaient avant de mourir. Et, dans ce voisinage de la mort, bien que leur volonté demeurât ferme, plusieurs pleuraient, sanglotaient, étaient secoués de grands frissons. Diotime et Calliste les exhortaient. Diotime leur disait :

— C'est une joie de signer sa foi de son sang, en bravant la colère impuissante de l'impie. Ce sang criera contre lui. Encore une fois, les temps sont proches... Et qu'est-ce qu'un moment de souffrance pour une vie éternellement bienheureuse ? Imbécile et lâche qui refuserait le marché !

Et Calliste :

— O mes frères, Dieu vous ménage. La mort qui vous attend, qu'est-ce, après tout, que la mort d'un chasseur surpris dans un bois ? Nous marcherons tous ensemble, si fortement unis dans une même pensée d'amour que nous ne sentirons point la griffe ni la dent des bêtes. Et Dieu, avec votre sang, fera de si grandes choses ! Vous fonderez, en mourant, le bonheur et la paix de l'humanité future.

Mais Myrrha restait à l'écart, debout près de la grille, étrangère à ce qui se passait autour d'elle.

Des belluaires ouvrirent, en même temps, la porte de la prison et celle de la cage aux lions ; et, tout à coup, il se fit un grand silence.

Myrrha, la première, entra dans l'arène. Elle vit l'empereur sur l'estrade ; et, tout droit, d'un pas égal et léger, elle marcha vers lui. Elle pensait :

— Il faudra bien qu'il me voie, et ce sera près de lui que mon âme s'exhalera pour sauver la sienne.

Calliste la suivait, aussi vite que le lui permettait la faiblesse de son âge.

Les lions étaient sortis de la cage : et,

d'abord aveuglés par la lumière subite, les uns s'étaient arrêtés, les autres tournaient au hasard, le mufle bas.

Myrrha marchait toujours, les yeux attachés sur Néron. L'empereur, à demi penché vers l'un de ses compagnons, sentit ce regard et se retourna. Il crut que la jeune fille venait lui demander grâce et eut un méchant sourire.

Mais elle arriva, sans dire un mot ni relever ses mains unies, jusqu'au pied de l'estrade ; et là, immobile, elle continuait à le regarder.

Ses cheveux dénoués pendaient sur son dos, et une déchirure de sa robe découvrait son épaule délicate.

L'empereur avança un peu sa tête de dieu bestial. Une courte flamme s'alluma sous ses paupières lourdes. Il se leva et, appelant par son nom le chef des belluaires, fit un geste de grâce...

Un des lions, ayant aperçu Myrrha, s'approchait à grands pas obliques...

Alors le vieux Calliste, qui avait compris le geste de l'empereur, saisit Myrrha dans ses bras maigres et, de toutes ses forces, il la poussa vers le lion.

TABLE DES ILLUSTRATIONS

IMPRIMÉ

PAR

CHARLES HÉRISSEY, D'ÉVREUX